CHEGOU
A HORA
DA ONÇA
BEBER ÁGUA

CHEGOU A HORA DA ONÇA BEBER ÁGUA

Adalberto Cornavaca
Andréa Dellamagna

1ª edição
São Paulo
2024

1ª Edição, Gaudí Editorial, São Paulo 2024

Jefferson L. Alves – diretor editorial
Flávio Samuel – gerente de produção
Jefferson Campos – analista de produção
Amanda Meneguete – coordenadora editorial
Adalberto Cornavaca – ilustrações
Andréa Dellamagna – projeto gráfico e colorização das ilustrações
Equipe Gaudí Editorial – produção editorial e gráfica

Dados Internacionais de Catalogação na Publicação (CIP)
(Câmara Brasileira do Livro, SP, Brasil)

Cornavaca, Adalberto
Chegou a hora da onça beber água / Adalberto Cornavaca, Andréa Dellamagna ; [ilustração dos autores]. – 1. ed. – São Paulo : Gaudí Editorial, 2024.

ISBN 978-65-87659-45-9

1. Animais - Literatura infantojuvenil 2. Preservação ambiental - Literatura infantojuvenil I. Dellamagna, Andréa. II. Título.

24-216110 CDD-028.5

Índices para catálogo sistemático:

1. Literatura infantil 028.5
2. Literatura infantojuvenil 028.5

Eliane de Freitas Leite - Bibliotecária - CRB 8/8415

Obra atualizada conforme o
NOVO ACORDO ORTOGRÁFICO DA LÍNGUA PORTUGUESA

Gaudí Editorial Ltda.
Rua Pirapitingui, 111, 1º andar – Liberdade
CEP 01508-020 – São Paulo – SP
Tel.: (11) 3277-7999
e-mail: gaudi@gaudieditorial.com.br

gaudieditorial.com.br
 @globaleditora
 /gaudieditorial
 @gaudieditorial
 /globaleditora
 /globaleditora
 blog.grupoeditorialglobal.com.br

Nº de Catálogo: **4767**

ÁGUA PURA
E LIBERDADE
SÓ SE VALORIZA
QUANDO FALTA

1

A HORA DA VERDADE

Numa tarde de calor escaldante, numa floresta que já foi exuberante, três macaquinhos faziam piruetas incríveis nos galhos das árvores.

Pulavam como gatos, rodopiavam como bailarinos, davam saltos como gafanhotos.

Um bando de maritacas curtia o espetáculo e aplaudia sem parar, até que o calor e a sede deixaram os macacos sem fôlego. Então, saíram correndo, ajudados pela força do vento, para beber água numa pequena lagoa.

No caminho foram cantando:

Cadê a onça,
Cadê a onça,
Cadê a onça-pintada?
Quando ela aparecer
Sairemos em disparada.

Grande número de outros animais seguia na mesma direção para matar a sede. Tinha bichos grandes, bichos pequenos, peludos e sem pelo, voadores e caminhadores, todos querendo beber abundante água fresca.

Quando estavam quase chegando, a capivara disse:

— Vamos, vamos, mais rápido, mais rápido! Estou sentindo cheiro de felino; acho que está na hora da onça beber água!

Todos mataram a sede rapidamente e correram para se esconder entre as moitas.

A onça foi chegando lentamente, deitou seu corpão na borda da lagoa e com sua enorme língua bebeu água até ficar saciada. Depois, apoiando uma das patas numa grande pedra, disse:

— Atenção, atenção, todos vocês que estão escondidos nessas moitas, podem aparecer que tenho uma coisa muito importante para lhes dizer!

Ninguém se mexeu. O silêncio era tão grande que dava para ouvir o zumbido de uma abelha.

A onça falou novamente:

— Eu sei que vocês estão escondidos aí entre as folhagens. Não tenham medo, não vou atacar ninguém. O que tenho pra falar é muito urgente. É sobre a nossa vida daqui pra frente!

A curicaca foi a primeira a aparecer. Esticou seu pescoço elegante e ficou olhando para o felino falante.

— Cadê os outros? – disse a onça. – Vamos, apareçam, não tenham medo!

Timidamente, a capivara mostrou sua cara. Depois, apareceram: a ariranha, o tamanduá e o macaco-aranha. Os demais criaram coragem e foram saindo aos poucos de seus esconderijos. A cutia estava acompanhada pelo tatu, pelo cervo-pantaneiro e pelo sapo-cururu. Em seguida veio o quati, grudadinho ao lobo-guará, à arara-azul e ao bem-te-vi. Os últimos a sair foram: a seriema, o sagui, o jacaré-de-papo-amarelo e o jabuti.

— Muito bem, muito bem! – disse a onça. – Agora que todo mundo apareceu, escutem bem o que vou dizer: reparem que estamos todos disputando a água desta pequena lagoa, aqui onde a água sempre foi tão farta e tão boa! E sabem por quê?

— Por quê? – perguntou a cutia.

— É porque as mudanças climáticas, e também a ação do homem, tornaram os breves períodos de seca de nosso Pantanal numa seca devastadora e prolongada, que deu origem aos incêndios que destruíram grandes extensões do verde lar que habitamos. Os nossos ninhos, nossas tocas, nossas fontes de alimento e nossas matas foram queimadas. Assim, amiga cutia, as nascentes, os rios e as lagoas, despidos de sua proteção natural, ficaram expostos ao calor escaldante. E esse calor intenso faz com que a água evapore mais rapidamente.

— Que bagunça! Eu quero a minha lagoa de volta! Não posso viver muito tempo fora d'água! Você pode explicar melhor isso que acaba de dizer? – perguntou o jacaré-de-papo-amarelo.

— Pois não, amigo jacaré. Eu explico: Quando os homens cortam ou queimam as árvores, estão alterando o sistema que mantém em equilíbrio o fluxo das águas, tanto das que viajam nas nuvens como das que serpenteiam sobre a terra. Agora, por exemplo, estamos sofrendo com a seca, mas em outros anos tivemos grandes inundações. Esse é o efeito do desequilíbrio do sistema de chuvas. – disse a onça.

— E como você sabe essas coisas? – perguntou novamente o jacaré. – Por acaso você é cientista?

— Não, não sou cientista, mas os meus amigos Potyra e Kauã, que estudam na escola de uma aldeia indígena, sabem o que a ciência diz e me contaram tudo! – respondeu a onça.

— Potyra e Kauã? Quem são eles? – perguntou a arara-vermelha.

— São dois indígenas incríveis que vieram, junto com outros amigos, da Amazônia até o nosso Pantanal para ajudar a curar os animais que sofreram queimaduras durante o grande incêndio – disse a onça.

— Uau! Que galera legal! E como fizeram para curar os animais feridos? – perguntou a curicaca.

— Com um preparado de ervas que eles produzem na aldeia. Agora, vocês terão oportunidade de conhecer Potyra, Kauã e os outros amigos indígenas, se aceitarem o convite que estou fazendo para participarmos de um encontro que o cacique Jaguareté convocou, e que gostaria que tivesse a presença da galera do Pantanal. Porém, para podermos participar, teremos de ir até um ponto determinado da Floresta Amazônica.

— E qual é o motivo desse encontro? – perguntou a arara-vermelha.

— O motivo principal é o de unir as nossas forças em defesa da vida – respondeu a onça.

— Adorei o convite, amiga! É a oportunidade que eu esperava para me tornar uma guardiã da floresta e protetora das fontes de vida que ela nos oferece! – disse a arara-vermelha.

— Muito bem, muito bem! Quem fala desse jeito um coração valente tem! É preciso que todos estejam engajados na missão de salvar a nossa casa, de recuperar o que foi destruído – propôs a onça.

— Vamos todos nessa! – responderam os demais com entusiasmo.

2

CHEGAM OS VIAJANTES

Enquanto isso, um bando de aves migratórias chegava ao Brasil, depois de uma longa viagem sobre montes nevados, bosques amarelos e cordilheiras verdes.

Eram patos silvestres que vinham da América do Norte para uma relaxante temporada nas lagoas de água morna do Pantanal. Estavam tão felizes que chegaram cantando uma alegre canção:

Numa lagoa morninha,
queremos mergulhar,
queremos mergulhar.
Entre verdes taboas,
vamos todos nadar,
vamos todos nadar.

Lá do alto, porém, o grupo achou tudo muito esquisito; as lagoas, que sempre brilharam como cacos de um espelho quebrado, agora eram vistas em menor número do que em anos anteriores, e a densa cobertura verde estava cheia de espaços vazios, como se um rato gigante tivesse roído a mata e deixado grandes marcas no solo.

— O que aconteceu? – perguntou Harry, o líder dos patos silvestres. – Parece que algum monstro está devorando o Pantanal!

Um tucano, que voava por perto, respondeu:

— Meu caro viajante, isso que você viu mostra o quanto a nossa casa está sendo destruída. Venha comigo, estou indo para a Floresta Amazônica. Lá nos reuniremos com outros amigos, à sombra de um gigantesco angelim-vermelho, e juntos acharemos uma solução.

— Angelim-vermelho? O que é isso? – perguntou o pato.

— É a maior árvore da Amazônia – respondeu o tucano.

Enquanto voavam em direção ao lugar combinado, o pato deu sua opinião sobre o que ele viu lá do alto:

— Amigo, acho que uma bruxa malvada está abrindo buracos na floresta com sua varinha mágica para criar cidades de bruxas no lugar!

— Não, nada disso, não tem bruxa nem magia, esse problema tem a ver com a ecologia. Eu acho que a mão do homem também está por trás de toda essa bagunça.

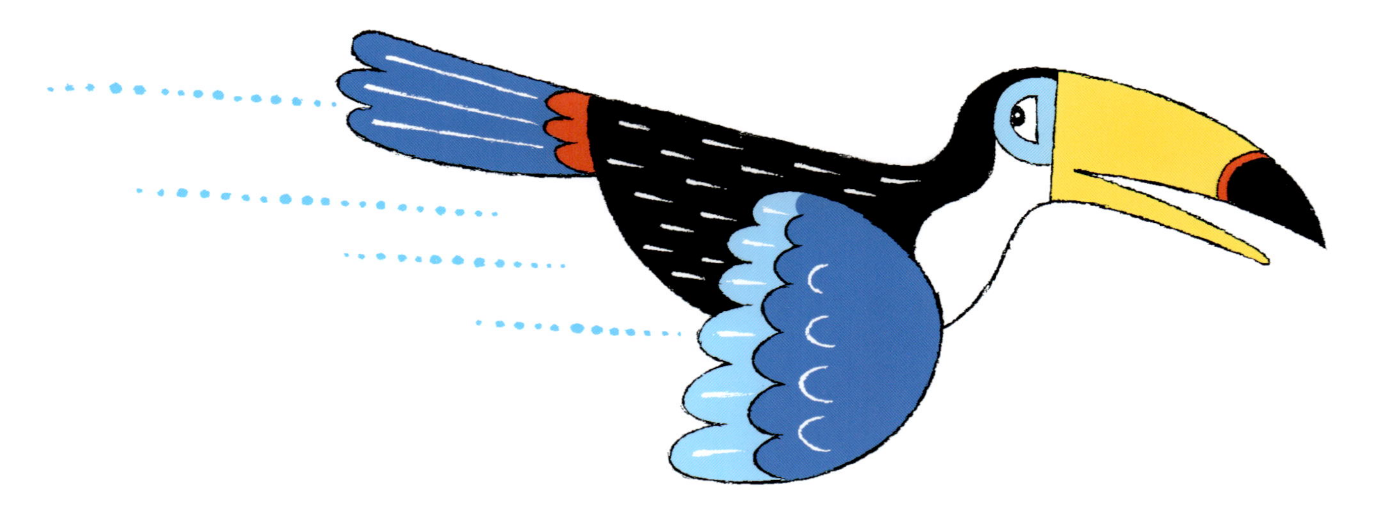

Assim que chegaram ao local da reunião, a onça olhou para o pato e disse:

— Você! É você mesmo que eu estava esperando!

— Não, por favor, não me ataque! Estava só de passagem. Já tô indo! – disse o apavorado viajante.

— Calma, calma! Não fique assustado. É que a ideia que tivemos precisa também de alguém como você para dar certo! – disse a onça.

— Que susto! Você me deixou preocupado! – respondeu Harry, aliviado.

— Fique tranquilo, o objetivo, agora, é a sobrevivência de todos os habitantes da floresta e também do mundo – respondeu a onça.

Então, Filomena, a sábia coruja amiga dos indígenas, apresentou a todos o cacique Jaguareté, que imediatamente começou a falar sobre o motivo do encontro.

Todos ouviram com muita atenção; até um pernilongo que perturbava a galera parou para escutar.

— Amigos, todos nós estamos sofrendo as consequências dos danos feitos à nossa grande floresta. Por isso vou falar, em primeiro lugar, do que considero como o problema mais sério: o desmatamento! A derrubada de milhares de árvores é, na minha opinião, o que está impedindo que os rios voadores fiquem carregados e levem chuva às mais diversas regiões de nosso país, como a do Pantanal, de nossos amigos aqui presentes.

— Rios voadores? O que é isso? – perguntou o lobo-guará.

— Rios voadores são gigantescas massas de vapor de água, produzidas pela floresta, que viajam na forma de nuvens, até se encontrarem com a Cordilheira dos Andes. Aí, esse rio voador faz uma curva para o sul e chega até a Bacia do Prata. Assim, em todo o seu trajeto, esse rio vai despejando a preciosa chuva.

— Que história legal! Você poderia explicar como funciona? – perguntou Harry.

— Funciona assim: as grandes árvores, como este angelim-vermelho que escolhemos como símbolo de nosso encontro, transpiram uns mil litros de água por dia. Elas absorvem essa água do solo extremamente úmido da floresta com suas poderosas raízes. E essa transpiração, junto à transpiração de outras milhões de árvores, forma os chamados rios voadores. É claro que árvores de menor porte transpiram muito menos, mas o conjunto das árvores que forma a floresta produz muita água. Por isso, e por muitos outros motivos, é que a floresta precisa ser preservada em benefício de todos.

Agora, com a seca chegando até a nossa Amazônia, o solo irá perder umidade e, assim, a produção de nuvens carregadas também perderá capacidade – explicou o cacique.

— Caramba! Fiquei com todas as penas arrepiadas! Estou feliz por ter vindo de tão longe para ouvir palavras tão esclarecedoras – disse o pato silvestre.

— E quando vamos conhecer o plano que vocês bolaram? – perguntou a ariranha.

3

O CACIQUE REVELA O PLANO

O cacique tomou novamente a palavra e disse:

— Amigos, a área que foi devastada é enorme e, para que tudo volte a funcionar, é preciso reflorestar, restaurar o nosso mundo verde o mais rápido possível. E, para que isso possa ser realizado, a criançada de nossas aldeias colheu milhares de sementes nativas que serão espalhadas nas áreas devastadas. Assim, com esse tesouro depositado em centenas de cestos, poderemos entrar em ação imediatamente – concluiu o cacique.

— Como assim? Quem vai plantar tantas sementes? – perguntou o jabuti.

— Convidamos os pássaros, desde o pequeno tuim até a gigantesca harpia, para espalhar essas preciosidades por todas as regiões que sofreram desmatamento. Também os mamíferos e os répteis foram convidados e todos aceitaram com alegria essa tarefa. E as crianças e jovens de todas as aldeias estão felizes e já preparados para participarem do plantio. O meu coração transborda de gratidão ao ver que estão todos supermotivados – respondeu o cacique.

— Ei, ei, vocês aí! Esqueceram da gente? Vão nos deixar de fora?

Todo mundo olhou em direção ao rio para ver quem estava falando.

Um enorme tucunaré com a cabeça fora d'água disse:

— Nós também queremos participar! A nossa ideia é abocanhar cada semente que estiver flutuando no rio e cuspi-la sobre a margem, assim, ajudaremos a restaurar a mata ciliar. O que acham?

— Genial, amigo tucunaré, excelente ideia! Obrigado a você e aos demais amigos dos rios pelo engajamento – disse o cacique.

— Peraí, peraí! Tá tudo muito lindo, todo mundo motivado, mas... e se desmatarem tudo novamente? – perguntou a seriema.

— Se os desmatadores voltarem, temos um exército preparado para expulsá-los – respondeu o cacique.

— Um exército? Que exército é esse? – quis saber a seriema.

— É um exército formado por abelhas, mosquitos, aranhas e formigas, comandado pelo general Vento – disse o cacique.

— E como esse exército vai atuar? – perguntou o jacaré-de-papo-amarelo.

— Quando os desmatadores chegarem, o Vento dará três assobios curtos e um longo. Esse será o sinal para que um enorme enxame de abelhas e mosquitos, junto com uma grande quantidade de formigas e aranhas, avancem sobre os desmatadores. Então, o Vento dará uivos arrepiantes e, assim, os predadores acharão que a floresta está mal-assombrada e sairão em disparada! Pedimos aos amigos que formam esse "exército" que não machuquem ninguém. É só para dar um susto nos invasores.

— Vocês são meus heróis! – disse Harry, emocionado. – Mas onde entro eu nessa história?

— Você, querido amigo, juntamente com os outros patos que vieram da América do Norte, estão sendo convidados para espalhar as sementes nas áreas desmatadas dos países vizinhos. Vocês foram escolhidos por terem experiência e fôlego para voar grandes distâncias. Se toparem, precisarão se encontrar com indígenas amigos daqueles países. Eles já colheram sementes nativas e as fornecerão a vocês – disse o cacique.

— Uau! Obrigado por nos incluir em tão nobre missão! Sim, topamos. Tenho certeza que todos os meus amigos toparão! Irei imediatamente falar com eles – respondeu o pato.

Depois de alguns meses, as sementes começaram a brotar, dando início a uma nova floresta nas áreas desmatadas.

Os tenros talos verdes trouxeram alegria e esperança para todos.

Mas, depois de algum tempo, os desmatadores voltaram! O alarme se espalhou por toda a região, fazendo com que este nosso curioso e valente grupo entrasse imediatamente em ação.

Os uivos arrepiantes do Vento e o enxame de insetos que apareceu de repente deixaram os invasores apavorados!

O choque foi grande! O susto, tremendo! Os predadores saíram tão depressa que largaram tudo ali mesmo. Tratores, motosserras e demais ferramentas ficaram abandonados para sempre na floresta.

— Valeu! – disse a coruja Filomena. – Valeu o esforço de toda essa galera!

Uma grande festa foi feita para celebrar a vitória.

Tinha: tapioca de tucumã, suco de camu-camu, biscoito de castanha-do-pará, sorvete de açaí e cupuaçu e muitas outras delícias.

Ao final todos recitaram em coro: “Tudo vale a pena se a alma não é pequena”.

— Que bonito! Quem é o autor desses versos? – perguntou a curicaca.

— É o poeta Fernando Pessoa. E, sempre que conseguirmos algum sucesso pelos nossos esforços, recitaremos esses versos – responderam Potyra e Kauã.

— Legal! Adorei ter conhecido vocês e ter participado desse encontro – disse a curicaca.

E aí, galerinha. Vocês que moram nas grandes cidades, em cidadezinhas, vilarejos, sítios ou fazendas: topam se unir à nossa missão?

Uma sementinha aqui, uma árvore protegida lá, flores nas janelas ou nos jardins, consumo racional de água, lixo reciclado. Tudo vale, tudo é vida. Tudo em benefício de todos. Bora lá?

O SABER DA CIÊNCIA E A SABEDORIA INDÍGENA

BOMBA BIÓTICA

A diferença de pressão atmosférica entre a água do mar e a floresta provoca a movimentação dos ventos úmidos dos oceanos para a floresta. Assim, as árvores da floresta, por meio de suas grandes raízes, absorvem a umidade recebida e a transpiram pelas copas, formando nuvens carregadas, chamadas de rios voadores.

Fonte: www.arvoreagua.org/ciclo-hidrologico/bomba-biotica-2

GUARDIÃO PLANETÁRIO

O cientista brasileiro Carlos Nobre, reconhecido internacionalmente por seus estudos sobre mudanças climáticas na Amazônia, foi eleito, em 2024, como o novo integrante do grupo *Planetary Guardians*: Guardião Planetário.

Fonte: www.abc.org.br/2024/05/24/carlos-nobre-e-eleito-guardiao-planetario

SECA NA AMAZÔNIA

“Na Amazônia, região de rios onde chovia quase todos os dias, a longa estiagem de agora chega a impedir até a navegação, que é a forma habitual de a população viajar de um lado a outro.”

Fonte: Flávio Tavares. Somos todos loucos brincando com fogo.
O Estado de S. Paulo, 6 out. 2023.

FLORESTA AMIGA

"Já foi mais do que demonstrado, a queima de combustíveis fósseis joga um excesso de dióxido de carbono no ar, alimentando o aquecimento global. Mas, encantada, a árvore devora esse carbono. Contribui assim para reduzir o CO_2 em suspensão. Ou seja, plantando árvores ganhamos dos dois lados. As florestas conservam a água e a fertilidade dos solos. Mas também retiram da atmosfera o dióxido de carbono gerado pelos combustíveis fósseis."

Fonte: Claudio de Moura Castro. Procuram-se fabricantes de nascentes. *O Estado de S. Paulo*, 7 jul. 2024.

A VOLTA DAS NASCENTES

"Alguns lugares viram desertos. Mas se forem plantadas e cuidadas, as árvores voltam a fazer o seu serviço. Sebastião Salgado deparou-se com a fazenda da família, totalmente degradada. Inconformado, plantou árvores, reproduzindo a floresta que existia antes. Como mágica, reapareceram 1.500 nascentes."

Fonte: Claudio de Moura Castro. Procuram-se fabricantes de nascentes. *O Estado de S. Paulo*, 7 jul. 2024.

EVENTOS EXTREMOS

"A relação entre as cheias devastadoras no Rio Grande do Sul e o desmatamento na Amazônia é mais do que evidente para três cientistas do clima [...]. Segundo eles, o desflorestamento no Norte tem um papel crítico nas enchentes do Sul, pois compromete a capacidade das florestas de regular o clima. A consequência é a intensificação de eventos extremos [...]."

Fonte: Murilo Pajolla. O que o desmatamento da Amazônia tem a ver com as cheias no Rio Grande do Sul? *Brasil de Fato*, 12 maio 2024.

ESPERANÇA

“Sou uma pessoa bastante crítica em relação à situação social e ambiental, mas, mesmo quando faço uma crítica, não estou abandonando a esperança de que o mundo possa melhorar. Pensar e acreditar na Terra é a única possibilidade de salvação.”

Ailton Krenak

PARA O BEM DE TODOS

“Eu me preocupo com todos, porque é a floresta que segura o mundo.”

Cacique Raoni

FILOSOFIA E NATUREZA

“Em todas as coisas da natureza existe algo de maravilhoso.”

Aristóteles

RETORNO SILENCIOSO

“[...] por isso, ao mesmo tempo que vivemos na era tecnológica, vemos hoje um retorno silencioso do espiritual e de sua profunda ligação com a natureza.”

Fonte: do prefácio de Kaká Werá, *O trovão e o vento*.

Um angelim-vermelho, de aproximadamente 400 anos, 9,9 metros de circunferência e 88,5 metros de altura foi descoberto recentemente na fronteira entre os estados do Amapá e do Pará, na Floresta Estadual do Paru. Considerada a árvore mais alta do Brasil, corre risco de extinção devido ao desmatamento.*

* Fonte: www.oeco.org.br/noticias/maior-arvore-do-brasil-angelim-vermelho-de-885-metros-esta-ameacado-por-avanco-do-desmatamento/

Arquivo pessoal

ANDRÉA DELLAMAGNA

É designer com muitos anos de experiência nas áreas de criação e edição de arte, atuando em empresas como: FTD Educação, Somos Educação, SM Educação, Editora Abril, Manacá Criativa, entre outras.

Nas horas vagas, adora experimentar novas técnicas de finalização de ilustrações.

Apaixonada por natureza e esporte, tem na prática do *mountain bike* sua válvula de escape para as tensões do dia a dia.

Foi responsável pela colorização das ilustrações e pelo projeto gráfico desta obra.

Arquivo pessoal

ADALBERTO CORNAVACA

É autor e ilustrador de livros para crianças. Além disso, é designer gráfico de longa atuação na área jornalística, foi diretor de arte na Editora Abril durante 30 anos, onde ganhou 3 vezes o Prêmio Abril de Jornalismo na categoria Artes Gráficas. Depois de ilustrar durante muitos anos livros de grandes autores, como Ruth Rocha, decidiu, a partir de 2013, escrever e ilustrar seus próprios livros.

Já tem 9 obras publicadas. Uma delas, *Amigos, muitos amigos*, é campeã de vendas por adoção em escolas de todo o Brasil e foi selecionada para o acervo da FNLIJ (Fundação Nacional do Livro Infantil e Juvenil). Outro livro, *Foi assim que me contaram*, foi escolhido para representar a literatura infantojuvenil brasileira, com um grupo de outros autores, no catálogo da Feira do Livro de Bolonha (Itália).

Os temas preferidos deste autor são: meio ambiente e comportamento.

A onça foi chegando lentamente, deitou seu corpão na borda da lagoa e com sua enorme língua bebeu água até ficar saciada. Depois, apoiando uma das patas numa grande pedra, disse:

— Atenção, atenção, todos vocês que estão escondidos nessas moitas, podem aparecer que tenho uma coisa muito importante para lhes dizer!

O que será que a onça quer falar para a galera escondida entre as folhagens?

Essa vocês não podem perder.

ISBN: 978-65-87659-45-9